风情万千（夏振亚 题）

海之韵（杨华 绘）

罗马街头（杨华 绘）

汇水湾（杨华 绘）

武康路的守望

杨华爱情诗抄

杨华 著

中西書局

图书在版编目(CIP)数据

武康路的守望：杨华爱情诗抄/杨华著.－上海：中西书局，2016.8

ISBN 978－7－5475－1123－7

Ⅰ.①武… Ⅱ.①杨… Ⅲ.①爱情诗－诗集－中国－当代 Ⅳ.①I227

中国版本图书馆CIP数据核字（2016）第160290号

武康路的守望

杨 华 著

责任编辑	唐少波
装帧设计	梁业礼
出版发行	上海世纪出版集团 中西書局(www.zxpress.com.cn)
地　　址	上海市打浦路443号荣科大厦17F(200023)
发　　行	上海世纪出版股份有限公司发行中心
经　　销	各地新华书店
印　　刷	上海肖华印务有限公司
开　　本	640×1092毫米 1/16
印　　张	8.25
版　　次	2016年8月第1版 2016年8月第1次印刷
书　　号	ISBN 978－7－5475－1123－7/I·142
定　　价	48.00元

序

诗是人生的名片

吴易梦

路长了/
风景就无限/
看到大海就没有忧伤。

这是杨华的诗。朴实无华，充满了对生活的哲思。在这本诗集里，类似这样耐人寻味感悟的诗句比比皆是。

诗人是个实在人，诗作也是实实在在的、沉甸甸的。诗里所抒情的内容都是围绕在你身边的事物，让人读起来始终有一种亲近温暖感围绕在你的身边。好像是你心里面的事，你可从诗人的诗句里品味出一种别样的感觉来。他说了你想说的心事。诗为心声。这是诗人的可贵之处。

读《武康路的守望》像是与一个知心朋友在娓娓交流谈心，很真诚坦然，甚至直言不讳，一一道出他内心深处真实的想法。这样看似直白了些，但却在貌似平白的诗句里蕴涵着诗人独到的人生见地。

杨华是位画家诗人。他的意象人物水墨画，颇有幽美芬芳的雅趣。这恰好与他擅长的优美情诗融为一体，构成这部诗集一道亮丽清婉的风景线。一诗一画，犹如美酒与珍馐搭配，相得益彰。捧在手里，经久品味。

诗是人生的名片。杨华这张名片可谓货真价实。诗来源于生活，取之于生活。这本诗集可放在枕边反复品读。

当心安静下来，沏杯清茶，打开这本诗集轻松愉快地读上那么几首，顿觉心舒自然、情趣无限也。

有价值的东西应该如此。悦目了精神，也亲近了心灵。

Itationecture moluptiur alis audis

（作序者为作家，著有《金星舞道》《从前有座山》《五个月夜》《古精蓝城堡》《麦咔与绿皮魔书》等）

目　录

爱情码头

天命之年，
知足和常乐坐在爱情码头，
望月数风。

如果爱上，
冬天算个啥，零下也是春天；
如果爱上，
天涯也是毗邻；
如果爱上，
沙漠也是绿洲。

有人因为婚姻而路过爱情，
有人因为爱情才结婚，
有人把婚姻当着交易的筹码，
只有极少人把爱情当信仰契而不舍。

有婚姻不一定有爱情，
有爱情不一定是婚姻，
只要人性不灭，物欲不死，
婚姻多半被套牢，

爱情或多或少被绑定。

大多数人站在婚姻上，
还以为爱情就踩在脚下，
有部分人把爱情当着公园想来就来，
说走就走，
也有一些人不愿离开，
因为爱情没了，
婚姻就是守着一座空城。

公元 2015.5.13 夜于海上汇水堂

《汇水湾》杨华原创

因为我还年轻

雨下大了，

江南弥漫着团团烟雾，

我站在一个风口，

朝思暮想，

因为我还年轻。

今天是周末，

请放下手中的笔，

让风把发高高扬起，

那怕再远我也能吻到你发梢香水的飘逸，

因为我还年轻。

有的人可以不见，

但不可不识，

我的丹青里时而有她的影子，

这算不算是一种思念，

因为我还年轻。

公元 2015.5.8 夜 · 虹康堂遥寄

听风思雨

路走多了，
不免有点累，
累就休息会。

汗水湿透衣背，
不必那么狼狈，
看看身边的花草，
送走那些不必的烦恼！

有风吹草动，
未必就是暴雨来袭，
呼吸一口新鲜的空气都是有益，
心乱容易迷失方向。

路长了，
风景就无限，
看到大海你就不会忧伤，
它自然会给你汹涌的力量。

天山飘来的雪

前天还是阳光万里，
昨一天阴霾不散，
今天如太阳再不露头，
我要罢工了，
心被凉得一丝心情都没有。

今夜零晨传来讯息，
天山南北连日遭暴风雪入侵，
我的心更为寒冷。

我的火焰山看来已不见天，
我的绿皮列车还在跑吗？
我山顶上天池的经烛看来已熄灭，
我博斯腾湖里的影子还在动吗？
可怕我的塔克拉玛干已结成霜。

唉！
我心很小，
装你一个天山正好。

公元 2014.12.11 · 天气阴沉

武康路的守望

在深秋里，
特别在这夜幕里，
武康路被四周的各种余光照射得如此静谧，
就像一幅“黑与白”的水墨画！

秋雨星星，
秋风划过树头就像送给我的歌，
叶子随风起舞，
夜深，路上只有我和叶子。

天凉了叶子变得如此娇艳，
金黄带红，红中夹青，
我的心开始骚动，
说我回到二十也没错！
请不要在秋天里和我谈冬天，我怕！
我会永远沐浴着春风！

夜深人静，
躺在马路上的叶子多几分淡定，
少了几分在风里的激情，

但它的风情犹存，

我依然在心里默默地守望，

熬过冬天，直至春天回来！

公元 2014.11.29 凌晨 3 点半

明天我会来

进秋，凉气来袭。
绚烂的叶子纷纷寻找回家的方向，
枝在风中不免有些孤独，
叶对它说："明天我会来！"

进秋，千红渐收。
有的花儿还依次绽放，
它的每一个伸展都在蜂的视野，
蜂边飞边对它说："明天我会来！

进秋，暮色苍茫。
尾巴草望着露水滑落的背影，
摇头不语，
露水对它说："明天我会来！"

进秋，天高气爽。
月亮把眼睛睁的圆圆的，
"为什么我们总是站在银河两岸守望？"
太阳在山的背后悄悄对它说："明天我会来！"

公元 2014.9.19 夜

幸福，还有多远

红尘陌上，
你我是客。
你不知我，
我不识你，
相见就像一阵风，
说来就来，
说散就散！

有时相见不可求，
一个人、一张沙发、一壶茶，
细水长流。
你若安好，
便是晴天。

彼此没有辰巳约定，
你不怪，
我不悔。
谁先到就等着谁！

烛光美妙要靠点燃，

上锁的门终就有人来开，

诺有一夜狂风雨，

晨不见云霞会在。

公元 2014.6.13 · 静安别墅

依然爱着

爱着，爱着，
一个人流泪刺痛另一个心肺，
雾霾起早会退，
面对冷寞勇敢面对，
太阳也一样活得很累。

爱着，爱着，
再好的温存也会疲惫，
良辰美景同醉，
海市蜃楼不会摇摇欲坠，
不要过早把心憔悴！

爱着，爱着，
就迷失方向，
请问朋友川沙往哪条路上？
“内史第”已白发苍苍，
为何至今我们还死心踏地。

爱着，爱着，
累了就找个小桥流水，

幸福有时就像受罪，

用激情和浪漫垒起的城堡怎么可以轻易敲碎，

等到老了去慢慢体会。

公元 2013.12.6 · 看川沙

《怀念从前》杨华原创

秋叶静美

月圆风起，
又是一秋。
叶子纷纷离开枝头，
随风翩翩起舞，
而后静静躺在大地之上。

躺着是一种姿态，
是一次对生命的独白，
唯有历雨雪风霜，
方睹五色斑斓，
触摸温润的肌肤，
春梦依旧如初。

多少生命化为尘埃，
多少岁月碾碎成片片回忆。
难忘月夜和鸟临风细语，
难忘枝头和阳光缠绵。

春到秋有多长，
枝头离大地有多远，

对于叶子就是一次轮回，

更是一次旅行。

公元 2013.10.7 夜

不老的夏天

为何有人念及相见恨晚，
生命的长度无法延缓，
何不去宽度拓展，
每个人都有一个舞台，
剧情的高潮往往都在这个季节爆发。

夏天多自由，
有多少的心事不能释怀，
每一个站头，
无声的吻别，
都会让人心潮澎湃。

老地方的雨还在淅淅沥沥，
流淌音乐里的柏拉图所触摸到的，
都是心的方向，
不要在这个世界幻想不朽，
看你是否拥有。

有一种梦一年未必算久，
只争朝夕，

只要有一种坚持留在心间，
那怕等到天荒地老，
其实也是一种美好。

不要埋怨错过了那个春天，
只要在发黄的照片里寻找，
当年土里土气的羊羔也会让你燃烧，
自古晚霞艳满天，
丹青碧水更柔情。

【附记】

公元2013.8.2，应朋友镜子有约晚餐于上海大宁“汉泰”，排了40分钟仍无虚席，呆子说不要在大厅等了，外面露天阳台有空位倒蛮风凉的，果然不错。呆子随手拿起菜簿，我在一旁回头突然发现衣纱飘然垂地，光脚闲然悠哉，不失夏日之大雅。立刻把她储藏到脑子，琢磨孕育。整晚感觉没画出来一直是一种压力，翻来覆去睡不着。次日一早5点多突得灵感，立即起床，笔、墨、水俱来伺候，终于在9点26分经过几番阵痛，《汉泰小憩》分娩出世，以飨好友。

《老地方》杨华原创

今夜，我在普陀佛国

那天，我从汇水湾来到海上，
今天，我从西子湖来到佛国。
涉世四十八年，
仅是佛光里的一秒，
菩萨的名字，
早就像僧人顶上的戒疤，
深深的烙在我的心里。

今夜带上对生命的敬畏，
在这里我用圣莲灯把心再次照亮，
在这里我用般若波罗蜜多心经把灵魂再次清洗，
在这里我用佛悟解开心结。
佛，不管我身在何处，
你一直是我的依靠。

人何来何去，
白昼和黑夜彼此轮回，
善与恶敌而不休，
情与义燃而不灭，
不以物喜不以己悲。

佛讲缘，

有因必果，

果因难辨，

有始有终，

终始合一。

风来裙自摆，

爱来心必动。

无爱心则凉，

有之心则暖。

潮来涛壮观，

花浪舞风帆，

常乐何不知足！

公元 2013.7.3・舟山群岛朱家尖

马尔代夫的守望

那岛因遥远给人以向往，
那海因深蓝给人以遐想，
那水因多彩而神秘，
那人因多情而让人留恋。

马尔说，
离开就是疼痛的开始，
抹不去你的影子，
在昨天的某个时辰我怎么就撞上了你的青春？
代夫说，
花开蜂知道，
光照心知道，
雨过了风停了只有你知道。

马尔说，
当苹果抵达山顶，
就像火箭在银河里静谧接吻，
我缤纷的生命里从此藏着一个滚烫的你！
代夫说，
一颗心动，两颗心跳，

不知是爱还是怕，

仿佛就是在下一场莫名的赌注！

马尔说，

树欲静而风不止，

有多少时间还够折磨，

该滚的滚，该去的去。

代夫说，

爱总让人在理性和感性中徘徊，

云雾里的幻想有时进退两难，

不知所措。

马尔说，

为什么爱与痛与生俱来？

书看着看着就发呆，

呆着呆着就开始回忆。

代夫说，

我在遥远的地方，

已经把你给予我的昨天叠成记忆的小船，

开始驶向思念的海洋。

公元 2013.6.30 · 上海花园

在 一 起

在同一个城市，
却没能天天相见，
匆匆地来，匆匆地去，
就像漂泊的云，
留不下一丝痕迹。

在同一座山上，
奏出的恋曲，
有人纵情，有人感伤，
天涯何处芳草，
九九归一道正。

在同一个列车，
心却不一样的方向，
有人窃肌弄肤，有人反复挣扎，
炽热燃烧的胸膛，
唯一的就是不能分享。

在同一个春天，
却不在同一个枝头，

这边风吹，那边草动，

寒流时常入侵，

挡不住花开的步伐。

公元 2013.6.2 · 太行归来

岁月留痕

今夕是何年?
公元 2013,
幸福的 5 月,
属于我们的季节。

天空被人取缔,
森林被小树代言,
相信生命中的默契,
沙漠之所以守望着绿洲。

待到风景都看透,
多少挣扎在生命中体会,
杨柳岸晓风残月,
几度风雨几人惆。

有人说你

有人说你是一个好男，
烟酒从不沾染，
因为你懂得珍惜什么爱什么？
而今为何在烟雾里慢步。

有人说你顶天立地，
什么事都难不倒，
因为你知重担当，
而今是什么让你忧伤？

有人说你一直阳光，
不会彷徨，
因为你有一个淡定的心房，
而今为何迷失方向。

有人说你心宽海洋，
把每一天当成天堂，
因为你历经了漂泊，
而今心眼为何变得比针眼还小风都不畅？

有人说你一直坚强，

刀光剑影不露锋芒，

因为你懂得丹青需要历经苍桑，

而今为何过早把心挂在悬崖之上？

公元 2013.5.22 夜

《孕之美》杨华原创

带我一起去远行

列车在烟雨里穿行，
就像箭离开了弦，
不必提心吊胆，
离开是为了改变，
心没有高度比距离更遥远！

车轮的每一次转动，
就像浪花拍打着一个胸膛，
不仅带走了渔火，
还带去了一片天空，
离开才明白珍惜！

窗外的掠影，
难道没有让你感动的风景，
那漫天的沙尘，
是大自然的孽道？
不，是我的灵动！

你那里下雨了吗？
我的天空一直在下，

距离是一根弦，

你在那头，我在这头，

离开就像一场洪荒的肆虐！

公元 2013.4.8 黄昏

眷　　恋

清晨彼此通一个电话，
问候远方，
你那里的天空是否蔚蓝？
心就此放下！

一把伞撑了好多年，
今天感觉有些累，
总想找个没有风雨的港湾，
让心不再孤独！

一个喧闹的都市，
小小的角落也能疗伤，
哪怕头依着胸口，
聊聊简单的愿望！

空气和阳光每天人们不会在意，
当有一天无声的逝去，
我们将如何面对，
就像有一天听不到远方的声音。

2013.5.4 · 五角场

也许明天还会有风有雨

一幢失去光泽的建筑，
凭着岁月的痕迹，
尽管失去昔日的光华，
还是免不了引人驻足，
因为它风韵犹存。

一个严寒的冬天，
不等于没有温暖，
只要有故事的地方，
一定有太阳，
那是青春的光芒。

不是每人都有一张体面的脸蛋，
关键是耐看，
哪怕是一个背影，
足够让你点燃，
因为它有穿透的力量。

上帝造化大美，
除了太阳还少不了风雨，

风雨中有人叹息，有人奔跑，

瞬间的奔跑就成了一道风景，

也许明天还会有风有雨。

2013 秋 · 上海美术馆

玛满矿的随想

来来又去去，
进进又出出，
红火玛满矿，
腼笑少不了。

男子撑天地，
总想抛烦恼，
红尘缠绵泪，
汤锅一煎熬。

上下五千年，
争雄谁是豪，
随着琴声去，
花落知多少？

红颜一滴泪，
汉子拼血刀，
待到西山下，
还是情未了。

公元 2013.2.6 · 南京路晚餐

向青春致敬

宋园人走茶凉，
但还是向往，
一摞没有洋味的清涩照片，
绽放出光华；
门前路边一对轻盈的天鹅，
那是我们的影子。

走过路过，
但还是没有错过，
四川北路时光的隧道，
流淌的是光阴；
静谧的甜爱树下，
演绎过一段年少的戏。

数码是一个时代，
罗密欧与朱丽叶已成旋律，
当柔情遇上海水，
波光粼粼，
让灵魂慢慢的浸泡，
好轻装待发。

一个人生命里有几个秋天，

怀里藏有几片树叶！

米兰桶能装下一个身子，

却放不下那么多故事，

今天的月亮永远照不到昨日的树梢，

再见了，青春！

公元 2013.1.8 深夜

我知道

我知道，
有的梦折断翅膀也无助，
因为在相对的时间里不曾相遇；
有的梦醒来才清晰，
有时还需要勇气；
其实有的梦做一辈子也不会完！

我知道，
有的事不愿重提，
只能留在风中；
有的事莫名出现，
触手可及；
其实有的事根本找不到回答的理由！

我知道，
有的人在心里像风一样吹来吹去，
只能靠想象；
有的人像小鸟一样依在心房，
递给你一种力量；
其实有的人把你读懂只有佛知道！

公元 2011.12 · 西湖畅想

《境界》杨华原创

上帝的厚礼

家不在大，
平安就好。

车不在阔，
温馨就好。

花不在艳，
动容就好。

走过不要错过，
遇到就好。

恋着言无需甜，
让心能依靠就好。

秋天不在色，
读懂就好。

欣慰不一定表达，
满足就好。

歌不在声高，
尽情就好。

拥有不一定占有，
随意就好。

时光不在长短，
珍惜就好。

公元 2012.12.13

那 一 刻

匆匆地来，

带上一片云彩，

那一刻，

目光凝成霜，

心似即将喷发的岩浆滚烫，滚烫！

轻轻地去，

带走心酸的无奈，

那一刻，

分秒珍惜，

有人说在一起比太阳更温暖。

匆匆地来，

带上好奇的心，

那一刻，

母性的光辉无限，

撒娇的孩子什么时候才能长大！

轻轻地去，

带走了岁月的忧伤，

那一刻，

发现已失去了天真，

思念就是牵在自己手心里放飞的风筝。

公元 2010.11.26 于海上

两个人的世界

夏娃问亚当，
我一直担心自己行程不能到遥远，
因为看到我前面生命里的影子。
亚当说谁都无法预料明天，
累了就依在我胸口休息一会，
不久还要赶路。

夏娃问亚当，
在这一半火焰一半海水的世界里
你想到了什么？
亚当说悔恨的已经过去，
唯有把握未来，
点亮心灯。

夏娃问亚当，
你为什么把目光投在我的身上，
让我燃烧，
亚当说你是我的肋骨，
所以你的腿很美，
黑与白是你最大的表白。

夏娃问亚当，

你为什么眼睛不能睁开对着我，

让我看够清楚。

亚当说我已经疯狂得不想醒来，

在伊甸园里，

几乎听不到上帝的脚步声响。

夏娃问亚当，

你看我面前上帝的圣礼是什么模样？

我已感受到你的渴望。

亚当说你慢慢地品尝，

其实诱惑本无罪恶，

心灵照射不到艳阳人将要面对更多的彷徨。

公元 2012.11.20 · 避风塘采风

《天山的女儿》杨华原创

不要问为什么

有一种人见多次还是记不住，
更有一种人一次就忘不掉；

有一种弦张急拉易断，
更有一种弦欲松愈紧；

有一种冲动是轻狂，
更有一种冲动是补偿；

有一种呼吸叫补充，
更有一种呼吸是释放；

有一种心是追逐，
更有一种心是甘愿接受煎熬；

有一种痛苦可以医药，
更有一种痛苦需要传递；

有一种情怀可以临风，
更有一种情怀生长在骨子里；

有一种奖励表现在价值上，
更有一种奖励启动在唇齿间；

有一种成功用的是脚步，
更有一种成功靠的是等待；

有一种爱朝夕值守，
更有一种爱只能永远埋在心底。

2012.11.9 · 即兴咏乐府

倾　　诉

知足说，
知足者常乐！
我和你相隔着一条河流，
彼此只能眺望。
常乐道，
我们的离开不是分手而是承诺，
是一种快乐，
我就是你的那个月亮。

知足说，
好久没品尝过忧伤，
你的孤独里有我的愁肠，
自从有了你心再没有荒凉。
常乐道，
再远的距离也是天堂，
当把足看成你手的模样，
我已经把你藏进心房。

知足说，
丁香园品的不是饭菜，

凤凰亭容纳的不仅是纯真与可爱更是一个时代，

再见就是李鸿章也得无奈。

常乐道，

如果不能惊天动地的甜蜜，

不如真真切切的呼吸，

镌刻一段永恒的记忆。

知足说，

想不到一个眼神打开一扇门，

一次旅程就筑起一座不透风雨的城堡，

简直是童话更是神话！

常乐道，

每一次投入总担心伤害，

若有若无淡淡的体会，

相知和相爱都很可贵！

公元 2012.10.27 于上海丁香花园

期　　待

假如有一天，
渐渐失去记忆，
让我握紧你的手，
到蔡元培像前去寻找诺言。

假如有一天，
舞步的人都已离去，
让我挽起你的手，
用迪斯科唤回曾经的容颜。

假如有一天，
大自然都失去了色彩，
你拉着我的手，
让我到巴厘湖里去打捞水晶的照片。

假如有一天，
上海拥挤不堪，
何不找块绿地静静地相抱，
相互倾听彼此的呼吸。

假如有一天，

晚霞燃尽最后一滴鲜红的血，

你用唇亲自去点燃火焰，

我会心喜乐狂："世界我们曾经来过"。

公元 2012.10.18 于巴厘岛

在 路 上

在路上，
你不要问我距离，
有时天涯也是咫尺。

在路上，
你不要问我背的重量，
有时心可装下一个地球就是放不下你。

在路上，
你不要担心我着凉，
有时思念也赛过暖阳。

在路上，
你不要担心睡前吻别会遗忘，
其实我早就把月亮挂在树上。

在路上，
你不要怕我孤单，
有时回忆就是一部没完没了的电影。

2012.9.18 · 没有星星的夜里

一个妈咪的情愫

深秋夜寒，
万树飘零，
是谁推窗张望满地红叶，
丝巾瞬间沾上泪滴。

沧桑了的唯一，
就想寻找当年北京西路那日本料理，
亲人倾力，
终让欲望没有失望，
她仍坐东朝西，
拢一拢齐耳的银发，
依然点上一份色拉，
打开志摩的诗抄，
喃喃自语：他来过没有？
娃儿皱眉不语，
当年的娃们已成人母。

暮色里南北高架车水马龙，
她衣袖拂凳而坐，

期待一个轮回逆转，

可惜，等待已渐行渐远！

2012.9.11 · 碰壁清水湾

秋天的独白

——惜别维也纳

或许错失了花季，
但可以恋着燃烧的枫叶；

或许不在同一根树枝，
但可以在空中相依；

或许不能避风遮雨，
但可以随风起舞；

或许未能双蝶飞飞，
但可以踏着余晖；

或许不能抵挡年轮，
但可以改变行程。

2012.10.5 夜

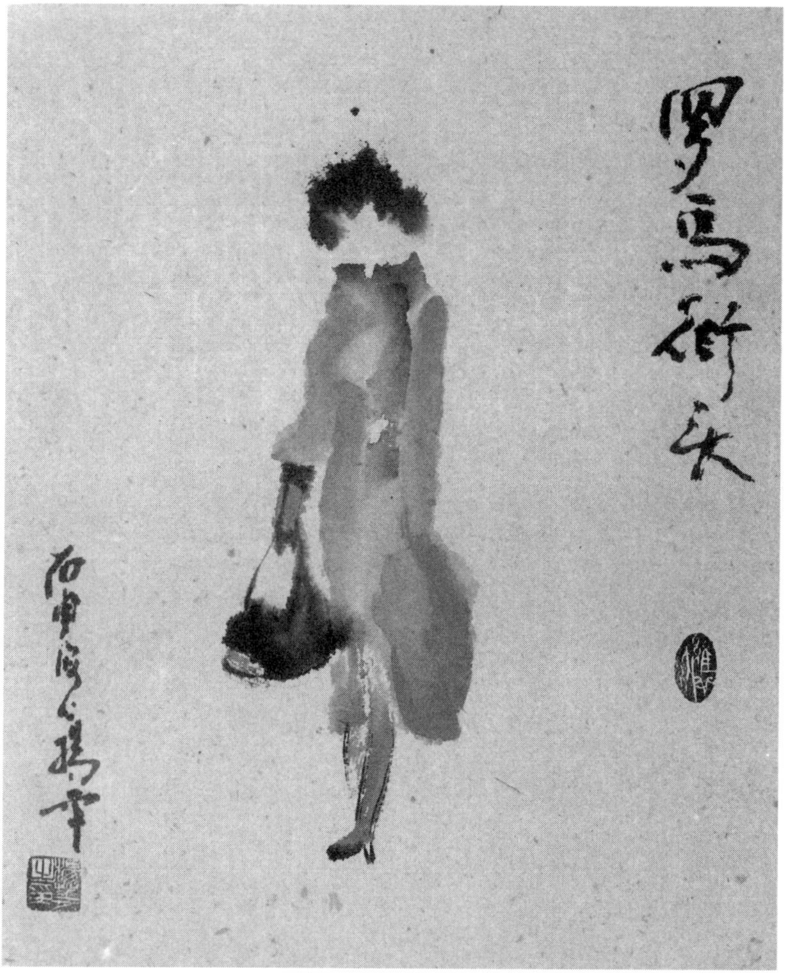

《罗马街头》杨华原创

维也纳时代

那天，先行了一步
因为陌生
就像漂泊的浮萍
谁都不知道谁在那儿停留

那天，清晨的沉睡中
红丝巾一路飘来
划过我的梦境
不知谁向谁靠近

那天，大街小巷陶艺琳琅满目
瓷画里有你的影子
手心里有我的温度
维也纳一动不动

那天，一个男人在峰顶
敞开心肺
呼唤着你的名字
转身又踏向你的归途

那天，喧闹的十字路口，

思念把旋律定格在那里

大舞台再璀灿总有谢幕的时候

老地方是最好的方向

公元 2012.10.3 夜于景德镇

登 黄 山

黄山顶上峰连峰，
波涛云海仙动容，
遮目远眺瓷都城，
黛玉巧笔我为峰，
登山逛世进退难，
转头何以见红颜。

公元 2012 年 9 月 19 日 11:30 时于莲花峰

贵族与鸟

人与鸟，
时而为友，
时而为敌。

人羡鸟的自由，
无忧无虑，
天高任飞，
江海无阻。

鸟慕人为生灵之首，
唯我独霸，
掌转乾坤，
置之四海。

鸟不解人的眼泪，
人不知鸟的影踪。
当贵族的到来，
人何不是笼中之鸟，
因为她失觉了风雨的飘摇，
哪知大米的味道！

爱情是什么颜色

——为江西女孩代言

因为海是蓝色，
天也是蓝色的，
所以他们彼此相爱了。

当天空渐渐失去水份，
好像生命中缺少了阳光，
失去了自信，
因为他无法面对大海的渴望。

海说，当年我失恋时，
在万物中你向我递过橄榄枝，
撑起了我的一片天空，
今天上帝安排我们见面。

海又对天说，
爱是什么颜色？
只要彼此透明。
永恒是什么颜色？

呼吸是短暂的。

幸福是什么颜色?

在折磨中寻找。

只要我们彼此相依,

相互传递,

守护着蓝色,

就似拥有一束永远不败的鲜花。

公元 2012.4.1

对话上海

人山人海，
你不会看见我，
因为我不喜欢凑数。
不管你如何高大，
我不会自卑，
因为我爱你如此深沉
你永远活在我笔下。

白昼我不喜欢欣赏你的脸，
因为阳光里感觉不到你的温柔；
我喜欢在霓虹的夜，
漫步在弄堂，
寻找爷叔喝老酒聊山海经的情调；
喜欢透过高墙豪宅的门隙，
窥视老洋房内的斑驳沧桑；
喜欢听百乐门爵士的声响，
享受一曲美妙的时光；
喜欢吻一吻淮海路上那飘逸的香水，
感受一下玫瑰的傲慢，
和你发梢的味道。

告诉自己

那时看童话
心门全都打开
从不担心什么
幻想能穿透一切

那时上学堂
总以为装满脑袋
就有未来
讨厌挡住四周的方块围墙

随着“刀削面”“马尾巴”的淡忘
不知不觉戴上面具
醒时说假话，酒后说胡话
镜子与玻璃仅一层之别
人为何不喜欢面对看清世界的玻璃
却喜欢面对仅看到自己的镜子
根是银子
原来这就叫成熟

简单而幸福的前行

想想出发的那天
 看到什么都捡
背着一身行囊
一个都舍不得放弃
还是什么场子都赶
的确甜头也尝了不少
大大小小的实惠也没少得
就这样熬过一个冬天
又继续向往春天

终于有一天力不从心
坐在树荫底下
数数一路风尘所得
那些年，那些事，那些人
云淡风轻
唯一属于自己的是自信与尊严
幸福的是牵挂我和我牵挂的人

公元 2012.4.28

九龙口，再给我一个传奇

大胡子泰戈尔，
弄风抚月醉人心，
天下谁人不识君，
红尘闲言荡万载。
世界上最远的距离，
不是生与死，
而是我站在你面前，
你不知道我爱你。

九龙口，我来啦，
正是双湖桃花飞，
带上南风海韵，
一览你的雪月，
东海王龙子征蟒，
弹奏一曲绵情绝唱；
楚项王爱姬饮龙水，
演绎一代风华。

雁去声声翠，
拥有最珍贵，

昨日九龙岛，
今朝不凄美，
黛玉拂拂面，
轻盈水上飞，
衣角翩翩舞，
不知何时归。

公元 2012.4.15 夜于双湖宾馆

你就是被流水带走的花

2012年
阳春三月的江南
绵雨悠悠荡荡
太阳偶尔露下脸
温寒交错
院内梅花含苞待放
不管怎么说
这个春天微微有些迟

一个迟到的春天
淹没了人看春的暖意
扼杀了人赏春的思念
昨天播下的种子
在这个春天里
奄奄残喘
不管怎么说
拥有了谁不愿去珍惜

佛说万物随缘
它悄悄地来

为何不能悄悄地走

因为终点回到始点没有背叛规律

人都喜欢看梅花的怒放

却无视花瓣飘零的方向

你就是被流水带走的花

留下无穷的牵挂

2012 春 · 阿克苏

情人节，永不退色的记忆

——献给天下男男女女们

情人节，羞耻的面对，
那是对青春的不尊，
因为她曾载人生一段最美好的时光与记忆，
那时我们很清纯，
蓝天和白云足以勾起幸福的向往，
难道现在还能吗？

时光已经不多，
随着青春渐渐地退色，
我们会慢慢地老去，
越来越怕离开那花期，
我们曾经追过的女孩，
你们还好吗？

我们以青春构筑的每道风景，
会渐渐变成故事，
经过风吹雨打会记得，
物换星移不会忘，
就算老去容颜不会变，
给过你的吻，还在老地方。

《心灯》杨华原创

不朽的青春

电波是根红线
你在那头我在这头
黑夜是你精灵的世界
月亮下的你风情万种
美得竟如此不沾风尘
芭蕾般细细的倩脚
给你蒙上一层神秘的面纱
一下就拨动我心跳
多么想你赏个粉红的唇
随我相伴到黎明

寻找阿克苏的芳香

上海的梅雨，
连续下了几天，
下得人心情都灰蒙蒙的。
今天终于放晴，
蓝天傲然依依，
白云悠悠西行，
这是天公作美。
在人生中，
风景也不少，
但能让人记忆的甚微。
在有些人眼里，
那怕是阿克苏河一叶小舟，
也会让有些人快乐无穷。
那怕是夜沙漠里昆虫的一声呼噜，
也会唤起有些人的惊魂，
那怕是天山上的一道雪光，
也会让有些人看清一世的黑白。
有些人其实就是一道风景，
留给人一世的芳香。

大雪那个飘

1973 年 11 月 11 日

过去多年那场大雪依然没能忘

天刚蒙蒙亮九岁的我挑灯早读

打开门一看

整个汇水湾银装素裹

满天大雪鹅毛似地下个不停

我对母亲说

雪好大，天好冷呵

妈妈说：男子汉不能没出息

蹦蹦跳跳就起暖

你看人家要饭的破一块挂一片东奔西跑

有多少冻死在路边

从起我们就是靠蹦蹦跳跳度过那童年

我问母亲

天上为什么会下雪

妈妈说：以前天上下的雪都能吃

就因为天下有人不爱惜粮食

上天知道大怒

从此将雪由粮化为水

妈妈还告诉我

雪是上天派来的天使要爱护它

一般都是在夜里下

很少在白天

因为它是姑娘会害羞

儿时的我听得连连低头

从此雪一直圣洁地在我心里

蝶 恋 花

蝴蝶因花醉，
花却随风飞，
花舞风吹笛，
花笑蝶自恋，
花开为谁谢，
花谢蝶自追。

等你有了白发

时间过得真快，
一晃三个多月，
长安那最美的季节，
是我一生中不能忘怀的记忆。

如果没有昨天，
我的天空就不是今天，
或许还是细雨绵绵。

如果没有昨天，
我的人生轨迹就不是今天，
或许滑到那个岔口。

如果没有昨天，
我对西域不会如此眷恋，
或许与楼兰擦肩而过。

如果没有昨天，
不会有相见那有回忆，
或许如此动人的诗篇还在长眠。

再过数年，

等你白发点点，

你不必惊天动地，

那是青春飞溅的浪花卷卷。

2011.8.12 · 寄语长安

青春咏叹调

清晨，

西湖晨雾缭绕，

湖水拍打着湖岸，

今夜无眠，

打开一扇窗，

哎，有一个人正赶在上班的路上。

晌午，

艺博会人头攒动，

争论不休，

传来的信息，

怎么没有远方的祝福，

哦，可能太累已经熟睡。

傍晚，

杭州霓虹闪烁，

春潮涌动，

怎么突然失去记忆，

独坐双桥等待思念的出现，

唉！可能笔记本没电又忘记了带线。

昨夜如昙花绽放

昨夜的街头，
夜色渐行渐远，
人头像繁星点点，
灯火阑珊处，
一个牵手和发裙摆动的倩影，
足已构成一道都市亮丽的风景。

山楂花谢了又开，
过去的时光是否可以重来，
多少生命化为尘埃，
西施、貂蝉、杨玉环、王昭君，
依然活在因为有真爱。
从西域到长安，
听一段“两点一线”迷人的故事，
不知什么时候能忘记！

告诉自己，
这世界我们曾经来过
知道什么是永恒
有了今天明天就瞬间毁灭。

终于明白什么叫成熟

失去了花季好在还有花期。

公元 2011.7.22 夜于海上汇水堂

在张爱玲楼下，阅读时光

七月的海上，
闷热的午后，
最让人揪心的是雨说下就下，
往日小憩的巴厘岛人也稀少，
张爱玲楼下的咖啡馆一样亲密。
流去多少岁月，
谁能容颜不变，
中国的文字书法倒流淌千百年。
人生只有曾经拥有，
哪有不朽！？
就像那地铁外面淅沥的小雨，
还有那一不小心的碰撞，
都是因为牵挂，
原来生活中一点一滴都是一幅很美的童话，
笑容就是一本厚厚的唐诗宋词。

《清影》杨华原创

太阳，你是我的玫瑰

千万里我追寻着你，
我已经把你当着生命里的视线，
一分一秒的“久光”，
等待你的出现。

当我追得撕心裂肺，
你就化着鱼儿作陪，
你问我为什么爱得这么狼狈？
因为我已把你当成心中玫瑰。

你告诉我要学会，
放轻松深呼吸不要压抑，
生活得才有滋有味，
谁愿做孤独的玫瑰。

我把你的色彩做成蓓蕾，
用心灵的汗水每天浇培，
当我身心疲惫，
只需你一点安慰，
当你听到我的欢乐，

你就送点光辉。

未想到你回答得竟如此干脆，
“哈哈，你早已住在我的心里！”

怀念你，怀念从前

那天你缓缓地来，
又淡淡地走，
留下了一片云彩。
想起年少的我，
风推云涌追的可爱，
未想到匆匆数年我还是这样豪迈。

今天的你轻轻地来，
又悄悄地去，
身上散发出一股博大的母爱。
我依然欣赏这片云彩，
有谁会理解，
冲动已经告诉我真正的爱需要忍耐。

春去春又回

梦回大唐

春天已经远去，
柳芽渐渐淡忘，
记不清燕子回家的方向。
没想到——
从长安又把春天找回。

5 月的长安，
依旧春潮涌动，
粉红艳香，
敏感的男儿不怕窒息，
甘愿这里是圣洁的殿堂。

好一对贵妃王活出了名堂，
一声《长恨歌》，
千年不断肠，
如今鱼儿插上翅，
好郎怎能不逞强。

【附记】

公元2011年5月，我漫步古城长安街头，突然发现灯红粉艳不由感慨：西安姑娘确有倾国倾城之美，难怪红尘一骑妃子笑！如果说楼兰姑娘是留世的香槟，长安姑娘如何不是法国的香水？

一路思雨

车轮在不停地旋转，
心在不停地跳动，
该扔掉的扔掉，
该忘记的忘记，
是自己喜欢的就带走，
心再累也无畏。

因为有些人有些事，
就是那么平淡，
有些花蕾从不喜欢胭粉点缀，
一样沁人心肺，
无疑拥有牡丹的华贵，
不悔如何又是一种罪？

2011 年 7 月 3 日深夜

或许今夜你不会想起我

2011年6月18日20时分，
厦门国际机场夜幕开始拉开，
爱睡眠的人已经无法忍耐，
悄悄地进入回家的梦香。

或许今夜你不会想起我，
因为南普陀寺，
让你挥汗如雨，
土家米酒和神秘建筑已让你陶醉。

或许今夜你不会想起我，
因为古田的路上已够疯狂，
红歌一路荡漾，
你终于感受到昨天会议的光芒。

或许今夜你不会想起我，
冠豸山亲着你的脸，
大美的峡谷演唱会已经让你疲惫，
等待油轮的码头可见你的憔悴。

或许今夜你不会想起我，
鼓浪屿的天籁，
好多恋人在这里等待，
傻傻的发型已刻录下你完美的情爱。

或许今夜你不会想起我，
因为虹桥机场的等待实在让人无奈，
我知道不是成心伤害，
你是否见证了这份阳光的爱。

观永定楼

丽人行

刚离客都店，

又尝苗家酒，

张张土家房，

摸摸吊角床，

巧匠好儿郎。

江水城中过，

统女石阶坐，

水清玉罗带，

鱼飞襟开怀！

在厦门大学等着你

你悄悄地走，
那天一路阳光，
自你走后，
江南的雨淅淅沥沥下个不停，
雨是云摩擦的火花。

厦门大学是学问的殿堂，
不设情感教程，
怎么撬开你的心门，
你无数遍向自己发问。

一直多情的你，
从不知情为何物，
一个闪电没来得及转身，
突然，从女孩变成女人。

瞬间何不是瀑布，
你从山头滑入峡谷，
成了小溪，
从此顺着心的方向流淌……

“西安事变”翻转了一个历史，
送你一个明媚的春天，
有阳光花会自然绽放，
不见阳光的花可以想象。

今天你在厦门大学感伤，
情路为何这么迷茫，
厦门大学好美！
来世一定到这里谈场恋爱
顺便补补书债。

明天起我将背上行囊，
毁掉房子、车子、票子，
带上你心爱的黄沙，
在厦门大学等你，
暗号：不见不散。

军人魂

——《杨华访谈》走进上海奉贤空军营地

我们出发吧，
外面风很大，雨很急，
车在高架上盘旋，
窗外的视线模糊，
谁知道你们离都市这么远，
原来就生活在田野。
难道你们不爱霓虹，
浦江璀灿的灯火和你们无缘；
难道你们铁骨无情，
和南京路上的香水无缘；
难道你们的青春不悔，
喜欢和蚊虫打成一片。

孩子们说：我爸爸手里有枪，敢杀敌人！
爱人说：因为你头上有军徽，我才爱你！
妈妈说：不要你发财，只求你喜报！
爸爸说：你能卫国，说明你成熟！

你们很辛苦，

有委屈，也有泪滴！

辛苦时，挺挺胸膛，

委屈时，咬咬牙关，

激动时，暗地里流流泪水。

姑娘们说：你们为什么那么庄严，不懂甜蜜？

其实你们什么都懂。

大地知道，

海洋知道，

蓝天知道，

祖国知道，

人民知道。

《天涯海角》杨华原创

当爱已成往事

——献给天下的好男人

日历一张张地翻，
孩子一天天地大，
车子不停地转，
房子不停地换，
你可知道有一个人默默地注视着你，
那就是曾经爱你的人。

她今天终于检讨，
她说昨天只怪自己的傲慢，
总认为你平淡，
责怪那金钱挡住双眼，
没有看清你的方向。
不知爱情有保质期，
更不懂添加防腐剂，
把你的宽容当成后退，
一次次把自己麻醉。

总想后面有最好
把爱情当着人生的一次高考，

因为战线拉得太长，

怎么好男人脸上没有字样，

看了又比，比了又看

有时把琼瑶当成半仙，

把你放在小说里入坐，

没想到你已擦肩而过。

浪　　漫

浪漫，是个梦幻的字眼
是每个人生的向往，
但浪漫不属于每一个人，
因为它需要一种境界。

它和低俗就相当于 0 和 1 的关系，
看似很近，其实很远。
低俗是动物的本能反应，
而浪漫是文明在人性中的升华，
浸透着绵绵的禅意。
浪漫是一种放松而不是放纵，
更是人性欲望的旋律；
是一种温度，
更是一种力量；
浪漫是一种宁静和修行，
更喜欢与夕阳和月亮亲近；
它是霓虹灯下的一个接吻，
更是汇水湾河里的一对倒影；
是晚霞沙漠里的一道曲线，
更是伊甸园里的一对小鸟。

浪漫是一种品味，
是一首诗，是一曲歌；
没有年龄的界限，
更是一种心态；
浪漫是现实生活中的艺术，
是藏在心底抹不去的回忆，
是人生一道永远亮丽的风景。

公元 2011.6.10 夜

温柔的南京路

你很美，
头枕着外滩，
欣赏着黄浦江，
十里洋场，
往日的繁华丝毫未减。
你一脚伸在万航，
一腿放在华山，
在床前的明珠灯下，
你阅读每一位过客。
那多少个年少，
羡慕你灯红粉艳，
成双成对的灵魂在这里浸泡，
总不想踏上回家的路。

你把手臂撑在苏州河上，
手心作为驿站，
日夜接纳来来往往的男男女女，
你从不拒绝，
因为海纳百川是你的信仰。

你知道，
这里毕竟是舞台，
只有也许，没有承诺，
有人说你是老美的纽约，
一半是天堂，一半是地狱，
唯有静安寺的佛光香火四季如常。

当太阳睡觉，月亮起床，
百乐门里音乐响了又停，
停了又响，
过客聚了又散，
散了又聚，
桃花依旧笑春风我能读懂。
张爱玲把你当作情场，
粉墨了一场；
徐志摩不小心空降，
幸亏爱情留在人间；
陆小曼不必哭，
世人在把你慢慢读——郎才女貌；
泰戈尔恋中国，
三趟上海已满足。
唯独静安别墅很浪漫，
蔡元培，邹韬奋，郑苹茹——

每个人生都耐看，

如今的枇杷树下静安轩依然璀灿，
无山石自成，
无泉水自鸣，
不为得失贪名利，
轻掸红尘芳香醉。

公元 2011.6.9 夜

沧桑爱情

有个新娘头顶着夕阳，
赶在出嫁的路上，
走后撒下一路芳香，
在她眼里还是一片荒凉，
妈妈说：你长大后一定要嫁到海上，
那边是婚姻的天堂，
一句话就撑起了她心中的太阳。

十六岁那年她捧着黄沙一路来到海上，
爱情给她命运带来浪漫的设想，
没想到爱情鲁莽，
一头扎进弄堂，
还以为是天堂，
有了后生再看看自己的新郎，
原来是个牛郎，
爱情在他心里早就死亡，
可一直哄她井里就是天堂。

面对渐渐西下的余阳，
她终于发现自己不再是当初的新娘，

坐井观天多么荒唐，

不能再错过最后的时光，

趁天没黑，路还亮，

穿上情侣的盛装，

插上天使的翅膀，

去追赶最后一轮太阳。

秀发下面窥见那浓浓的眉毛和高耸的鼻梁，

我终于发现她就是我当初寻找的楼兰新娘。

遥远的夕阳

过去我只歌颂朝阳，
却忽视了夕阳，
因为你在山的那边，
总觉得你遥远。

看着妈妈烧饭西飘的炊烟，
我从没有思考过它的方向，
可是怎么就没有把你想起，
谁知夕阳是你生命的色彩，
你在极力的向世人张扬。

这次我从海上西行，
从骊山脚下带上贵妃的池水，
爬过天山雪岭，
躺过流沙河，
赤腾拉玛干，
终于在阿克苏闻到你的芳香
你说你一生有三大情结：
十六年赏沙阅风，
十点就心梦神游，

还有我的文化大餐。

独房画皮恶作梦，
坐井观天是休闲。
人说你的容颜好，
晚上羞得像小鸟。
夕阳下面是你的故乡，
你就是我的楼兰。

送斌哥夜行

晚饮秦淮水，
夜入天堂房，
晨看安江妹，
处处楼兰娘。

公元2011.5.26，正斌兄居江我居海，多年相思不相见，今准备出发去杭州，听春子说我今日来石城，三人狂聊尽饮到斜阳。

巴厘岛夜归

咏楼兰

一湖泉水半轮月，
蛙鸣水歌为那般；
只为楼兰换新颜，
不叫来世留遗憾。

公元 2011.6.1.11.16 和老同学兆平、鲍蕾巴厘岛茶兴即发。

永远的楼兰

楼兰，永远的楼兰……
你永远在长城西边的荒沙里，
你永远在敦煌发黄的纸片里，
你永远在唐诗宋词的文字里，
你永远在孩子们神奇童话里，
你永远在骆驼悠扬的铃声里，
你永远在西域战马的铁蹄里，
你永远在荒原时代的田野里，
你永远留躺在历史的时空里，
你永远居住在夕阳的余辉里，
你永远在楼兰姑娘的血脉里，
你永远定格在见面的记忆里，
你永远在我们思念的甜蜜里。

公元 2011.5.26. 0:36 于海上

【附记】

塔里木盆地人类活动已有一万年以上历史。在人类历史上，楼兰是个充满了神秘色彩的小国。它曾经有过辉煌，形成了它在世界文化史上的特殊地位。人们在楼兰文化所表现出的兴趣与热情，充分说明楼兰不仅是属于中国，而且是属于人类的。它突然消失在公元415年，所存的遗址都在神秘沙漠之中。但楼兰古城的兴衰与消失，至今还是个偌大的谜团，楼兰遗址也成为世界注目的焦点。

假　　如

假如有一天，

我将召集天下 650218 名工匠，

在珠穆琅玛峰顶上给你造个天然的浴池，

注入喜马拉雅山的圣水，

点燃 841001 支印度经烛为你照明，

用漓江的水给你做面镜子，

用上海早晨的阳光给你做成脂粉，

邀请阿诗玛为你歌唱，

邀请我做你的奴仆吧，

你永远是世上最美的人，

我永远是世上最幸福的人。

公元 2006.12.5.23:21 · 寄语南宁

《海之恋》杨华原创

跋

我在诗里等你

——品读杨华爱情诗抄

袁连成

过去，全国只有一本《诗刊》，然而，九百六十万平方公里的土地上，到处有人在写诗，或男或女或老或少；现在纸质、网络和电视等媒体随时可以发诗、朗诵诗，然而，写诗者却寥寥无几！是诗抛弃了我们，还是我们抛弃了诗；是诗融不进当下时代，还是当下时代不接纳诗？

诗，抒深情，吐心声，铸品德。

这是一个缺诗的时代，也是一个缺德的时代。

很长时间，我在想，眼下除了那几个顶着“诗人”帽子的诗人，还有人在写诗吗？我分析过，现在的诗，上不了主流媒体，换不了几个铜钱，加之当代人诗意性的整体沦陷，所以诗无出头之日；但是，我们是一个诗意的民族，我们是受诗经诗辞哺育的子孙；诗，岂能在当下这个火红的时代，断了诗脉，丢失诗魂？

近日阅读杨华爱情诗抄《武康路的守望》，我不禁窃喜，却原来，诗还在，诗人在续！这，不仅是我与诗的邂逅，还让我感受到诗人就在身边……

诗，是写意，是空灵，是飘逸，纵然是纪实诗，也是写实上的写意；然而，诗仅有写意远远不够，还应当有浓浓的情。

很多诗，有诗无情，或者说，那种情是虚幻的、虚无的，是诗人的无病呻吟和灵感把玩。诗情，是写意上的写实，如果说，诗是冰糖葫芦，那么，诗情就是串起冰糖葫芦的那根竹签。

诗的所有文字、符号、空行、描写、比喻、对仗、错落……都是为诗情铺垫的，诗有诗情诗有魂。

《武康路的守望》，洋溢着水淋淋的诗情。

比如《在厦门大学等着你》，“……明天起我将背上行襄，毁掉房子、车子、票子，带上你心爱的黄沙，在厦门大学等你，暗号：不见不散。”读诗时，我在想，这是诗人曾经的一段心声再现？这是诗人对生命中曾经出现过的一个倩影重述？这是诗人在爱的天堂里失落的一页便笺？……都不重要，诗中流淌出的诗情，盖过了物化的红尘，这种诗情，看似有着少年般的青涩，却是我们大多数人在爱的路途上的独缺。我仿佛看到了诗人，不仅视爱情为诗，也想把生活过成诗……而我们，却缺少诗意的情怀，缺少诗意的生活。

《武康路的守望》，文字是一棵树，诗情是树干，有了不屈的诗情，整个诗抄，彰显出别致、坚挺、蓬勃……富有诗的骨感，诗的审美。

诗情，又如一根红丝带，舞起了《武康路的守望》的页页诗篇……

杨华是位上海的画家诗人，所以《武康路的守望》，即具诗意，又有画意。

诗，有诗情，无画意，诗情就是诗架；诗，有画意，无诗情，画意就是画图。唯有诗情牵手画意，画意亲吻诗情，诗，才会丰盈、灵动、有质感。《武康路的守望》，既有诗情，更有画意，读诗如入画卷。

“天命之年，知足和常乐坐在爱情码头，望月数风”（《爱情码头》），知足和常乐是虚的，坐是实的，爱情是虚的，码头是实的，这种虚实的结合，显示了诗人非凡的文字驾驭和浪漫的诗境构图，廖廖三句，十九个字，却瞬间打开了一幅神仙眷侣般的画面。我特喜欢“数风”，风能数吗？为什么不是数星星？这正是杨华诗作的精妙之处，或者说神来之笔，数星是画面，数风是画意，凡夫俗子数星，知足和常乐数风……

“有的人可以不见，但不可以不识，我的丹青里时而有她的影子，这算不算是一种思念……”（《因为我还年轻》），将她的影子，落在丹青里，将她的思念，写进诗里，这是诗中诗，画中画，这种重叠式的技法，是双向诗语，是平行画意，这样的绝句，唯有诗画结合，才能凝结……

“我心很小，装你一个天山正好。”(《天山的女儿》)，你说，这是诗，还是画？这是画的诗情，这是诗的画意，诗人有意识的颠倒大小，用心装山，让山入心，不经意间，将“我”的胸怀、情怀悠悠敞开，这不仅是文字上的突破，也是浪漫上的飞越，是诗中的大画意……

“夜深人静，躺在马路上的叶子多几分淡定，少几分在风里的激情，但它的风情犹存……”(《武康路的守望》)，谈到此，我仿佛和诗人一样，走在武康路上，看到了脚下的几片落叶；然而，叶虽落，情不落，叶子的情怀在风中，纵成落叶，待风骤起，依然扑向风的怀抱，落叶是激情间的驻足，这样的画意，充盈着无限遐想……

读完《武康路的守望》，我分明觉得，诗是画的演绎，画是诗的诠释；有诗情，有画意，成就了《武康路的守望》，这一本沉甸甸的诗集。

合上杨华爱情诗抄《武康路的守望》，我难以自拔，我继续在想——诗人，在武康路上望着什么守着谁？多首诗里，都出现了她，“她”有她吗？有的诗里，描述出一个圣洁的爱情故事，然而，只讲一半……这，不是文字上的故弄玄虚，这是诗情的留白，这是画意的留白，好作品从来都有留白，这留白让读者去完成。留白也是《武康路的守望》，另一大艺术特色。

我从事戏剧创作，都说戏剧是剧诗，我却从未奢望有一天真正的写诗。杨华君，洋洋洒洒地写出这么多好诗，令我顿生感慨，我们能否抽身物质世界，走向诗意王国？在诗里，守望着我们的守望，等待着我们的等待……

在诗里等你，真好，真美！

（作跋者为剧作家，剧本先后被淮剧、扬剧、锡剧、淮海剧、越剧、川剧、花鼓戏等剧种搬上舞台，代表剧目有《祥林嫂》《唢呐声声》《太阳花》《家有长子》《莲水谣》《喜鹊声声》《布谷声声》《天要下雨娘要嫁》《鸡村蛋事》《莲子》《十把穿金扇》等，其中扬剧《十把穿金扇》长达26集，由中央电视台、江苏省文联与扬州市政府联合摄制，荣获江苏省电影电视紫金奖并在中央电视台播放）